KB130877

청어詩人選 283

사랑은
나래 위에

최한을 시집

청어

사랑은 나래 위에

최한을 시집

시인의 말

　현대인들은 자연에서 벗어나 기계적인 삶의 굴레에서 본능의 삶을 망각하고 살고 있다는 생각이 들기도 한다.

　사람들은 살아가면서 마주하게 되는 문제들에 상처를 받지 않고 위로가 되는 진정한 행복은 무엇일까?

　나는 생활 가운데 가장 쉬운 방법은 책을 통해서 인간이 잃어버린 본성과 순수성을 되찾아 진정한 행복을 느낄 수 있는 것이라고 생각한다.

　그래서 나는 나대로의 글을 읽고 쓰는 데서 마음의 병을 치유하고 위로를 받으려 했다.

　시를 처음 접한 때가 고교 2학년 때 문예부원들과 동아리 활동을 하면서 교지에 시가 실리면서부터라고 할 수 있다.

　처음부터 시를 쓴다는 것보다 낙서거리로 쓰기 시작했던 것이 나도 모르게 시에 대한 관심과 흥미를 가지게 되었다.

　해가 거듭되면서 여기저기 흩어졌던 시들을 하나씩 주워 모아 정리를 하다 보니 100여 편의 시가 모아져 다듬고 손질해보니 한 권의 책의 분량이 되어 시집을 낸 동기가 되었다.

　내가 펴낸 글이 꾀꼬리 같은 아름다운 소리로 즐거움을 주기보다는 이름 모를 새가 조잘대다 바람결에 사라진 것처럼 세상에 누군가 내 글이 위안이 되고 조그만 즐거움이면 감사

하겠다.

나만의 상상의 나래로 세상을 그린 것이지 꼭 공유해야 할 글이라 생각하지 않는다.

글을 쓰는 이들의 면면을 들여다보면 상당부분이 본인의 체험과 경험 그리고 삶에서 글의 주제가 되었음을 알 수 있었다.

이 글도 본인의 생애에 걸친 사고방식, 생활태도, 가치관, 경험 등이 많이 녹아있다고 볼 수 있다.

본 글은 아래와 같은 내용으로 쓰려고 노력했다.

* 시는 삶을 위로하고 충전 시킬 수 있다는 것을 느껴 표현에 주의했다.
* 보다나은 삶을 관조하고 공적인 어조와 어법을 사용하여 쓴 서정적이고 음악성을 고려하여 기술했다.
* 어렵고 난해한 문장이나 어법보다 쉽고 간결하게 쓰려고 노력했다.
* 1970년대를 시작으로 2021년까지 50년에 걸쳐 사이사이에 쓴 글이다.
* 그러므로 세대의 흔적이 고스란히 남아있고 시대상도 감지할 수 있다는 생각이 든다.

차례

1부

사랑은
나래 위에

사랑이라 했더니

희망의 새해라 했더니
어느덧 정이월 다가고
삼월이 다가서는 세월이어라

날은 화창하여
봄이 그리는 무릉도원도
봄이 가는 낙화유수더라

하늘에 별은 보석처럼 빛나는데
견우와 직녀의 이별은
눈물로 적시는 비였어라

들국화 외로워 몸서리친데
내 가슴에 무서리는
사랑의 미로로 덧난 상처이더라

밤새 내린 함박눈은
다가올 사랑이라 믿었더니
눈물이 눈물로 녹아내린 한숨이더라

2002. 2. 4.

* 어라, 더라: 화자가 과거에 직접 경험하여 새로이 알게 된 사실을
  그대로 옮겨 전달한다는 뜻을 나타내는 종결어미.
* 무릉도원(武陵桃源): 이 세상을 떠난 별천지를 이르는 말.
* 덧나다: 병이나 상처 따위를 잘못 다루어 상태가 더 나빠지다.

사랑하는 이에게

뜨거운 불꽃처럼 타오르는
내 마음을
그대는 정녕 아는가

아직도 눈을 감고 시름에 젖어
추억을 회상하는 나를
그대는 상상해 보았는가

풀벌레 짝을 잃고 슬피 울듯
그리워 우는 내 마음을
그대는 이해하려 했는가

꿈속까지 나타난 당신의 흔적을
지우려 발버둥 치는
애타는 심정을 그대는 아는가

내가 진정으로 사랑하는 이여
우리의 사랑이 퇴색된 사진처럼
까맣게 지워지기를 진정 원하는가

내 안에 머무르는 그리운 님이여
우리의 깊은 정이 그리움으로 다가와
넘치는 사랑으로 채워질 날은 언제인가요

2007. 9. 7.

머물고 싶은 순간들

이루지 못한 애달픈 소년의 첫사랑
그 시절을 외면하면 할수록
너무 맑아 눈물 난다

마음의 빈들을 헤매던 기억들은
애틋하게 남아 있는 흔적들만
그리움으로 피어난다

가슴 아린 연분홍빛 여린 꽃잎은
눈길 따라 번지는 미련들을
고운 무늬로 가슴에 아로새긴다

내 마음의 지지 않는 영롱한 추억이여
바람만 스쳐도 낯 붉힌 듯 설익은 첫정은
아련한 한여름 밤의 꿈처럼
영원히 머물고 싶은 순간들이여

1981. 5. 9.

* 소년기(少年期): 소년·소녀로 있는 동안. 일반적으로 아동기를 가리킨다.
* 애틋하다: 정답고 알뜰한 맛이 있다.
* 아로새기다: 마음속에 또렷이 기억하여 두다.

상념(想念)

살가운 그린님이 오실 것 같아 맘 켕긴 날엔
그리움은 온 밤을 하얗게 지새며 가슴 저민다

행여 오마하지 않는 님을 오리라는 한 자락 꿈은
어둠이 까맣게 탄 밤에도 기다려보리라
대지를 요동치는 태풍 부는 날에도 생각하리라
엄동설한 뒤꼍에서 저민 가슴도 달래리라
그 숱한 어둠을 새벽으로 지어 맞아보리라

봄볕 뜨락에 피는 그리움은 꽃잎으로 날려 보내고
추정의 깊은 고뇌는 여수의 원점에서 서성이며,
겨울을 지나 새봄은 차라리 긴 겨울로 매듭지어
미어진 가슴에 깊이 묻어 두리라

2007. 10. 16.

* 상념(想念): 마음속에 품고 있는 여러 가지 생각.
* 여수(旅愁): 객지에서 느끼는 쓸쓸함이나 시름.
* 추정(秋情): 가을철에 느끼는 쓸쓸한 생각.

이런 사랑을 하고 싶습니다

헤어져서 후회하는 아픈 사랑보다
헤어짐을 극복하고 새싹이 돋듯이
일구는 사랑을 하고 싶습니다

지난 시간을 그리워하는 것보다
다가오는 시간들을 보듬고 안아서
설레어 넘치는 사랑을 하고 싶습니다

목매어 기다리는 어설픈 사랑보다
꽃밭을 가꾸듯 인내와 정성으로
영혼이 깃든 사랑을 하고 싶습니다

갈망하고 아쉬워하는 사랑보다
사랑에 사랑을 더하는 오뚝이 같은
영원히 빛나는 사랑을 하고 싶습니다

뜨겁게 달구어진 쇳덩어리 사랑보다
동토에서 줄기찬 인내로 봄에 꽃피듯이
은은한 달빛어린 사랑을 하고 싶습니다

2008. 7. 9.

* 동토(凍土): 얼어붙은 땅.

사랑은 그리움만으로

석양 노을에 길게 드리워진
당신의 그림자를 보는 것만으로
저민 가슴 달랠 수 있어요

호수에 새겨진 당신의 잔잔한 미소에
파문이 일까
가슴 조여도
참아 낼 수 있어요

만추의 빗줄기 속으로
당신의 뒷모습이 점으로 남을 때까지
심란한 내 마음도
지워 버릴 수 있어요

내 심장이 숨 가빠 할 때까지
당신의 모습과 정을
그리움만으로 행복했노라
바람에 띄워 보낼래요
그리움은 언젠가 사랑으로 꽃필 테니까요

2009. 11. 25.

가을 서정

가을은 사랑입니다
연인의 순정이 터져 버린 석류의 보석처럼
가을은 불붙는 뜨거운 사랑으로 그려냅니다

가을은 나그네입니다
가녀린 코스모스의 애틋한 순정을
점으로 남긴 뒷모습에 눈물로 아파했습니다

가을은 그리움입니다
낙엽 지고 허전한 계절일지라도
네게서 묻어 나오는
더한 그리움이 없기 때문입니다

가을은 기다림 입니다
오직 당신께만
오롯이 열어 둔 내 마음의 호수에
갈색 잎 향기로 당신을 기다립니다

가을은 우수입니다
오늘도 가는 세월 내려놓지 못한 채
애절한 눈빛을 하고 다가와
이별의 손을 잡고서 돌아설 줄 모르네

2009. 11. 20.

* 우수(憂愁): 우울과 수심.
* 애절하다: 견디기 어렵도록 애가 타는 마음이 있다.

그리움만으로

밀물에 출렁이는 내 가슴은
당신을 그리워하면서
행복할 수 있어요

호수에 서면 수면에 내려앉은
너울대는 당신의 모습에 뒹굴며
만남만큼 내 가슴에 담아 설렐래요

봄이 익어가는 무지개 언덕에서
혼이 깨어 있을 때 그리워보고
밤에는 꿈에서 불길처럼 사랑할래요

형클어진 머리처럼 심란할 때
눈이 내리면 눈에 내린 눈물로
갈바람에 한 줄의 시로 띄워 보낼래요

당신의 사랑이 들녘에 황혼처럼
마지막까지 아름답게 물들여서
간직할래요

꽃 보듯이
사랑으로
행복으로
당신 생각에 젖어
행복할래요

2010. 3. 24.

당신이 오시지 않아도 그리움만으로

당신이 오시지 않아도 그리움만으로
행복할래요

꿈속에 나타나
상상의 나래를 달아주세요

새벽안개 속에 단비 내리는
당신을 정겨움에 적시고 싶어요

단풍이 들면
색동옷 입고 다가올 당신 모습에
바빠할래요

헝클어진 머리처럼 맘 설레일 때
푸른 하늘을 추억으로 물들여서
당신의 꽃으로 피어날래요

호수에 서린 당신의 모습을
어둠이 지워버릴까 가슴 조여도
내 작은 의지만으로 참아낼 수 있어요

한 줄기 바람의 위로로
당신이 오시지 않아도
행복했었노라 나에게 고백할래요

2010. 7. 16.

영원한 사랑

당신이 봄비이었고, 나는 씨앗이었을 때
당신을 통해 싹틔운
사랑이란 열매를 맺게 되었습니다

당신이 석양의 노을이고
내가 해였을 때
당신의 열정적인 사랑은
황홀한 꿈이었습니다

당신이 바다이었고
나는 섬이었을 때
당신의 품속은 아늑한 보금자리였습니다

당신이 흐르는 물이었을 때
나는 시내 되어
끝없는 사랑의 속삭임은
행복으로 넘쳤습니다

당신과 나 사이에
봄의 환희와 열정은
가슴에 새겨진 영원한 사랑이었습니다

2009. 10. 3.

당신의 마음

나는 당신이 뭐래도 이해해요
멀리 있어도 내 안에 있으니까요
당신의 마음은 맑고 그윽하여
내겐 깊고 넓은 바다이기 때문입니다

당신은 거목의 뿌리여서
고난과 역경이 휘몰아쳐도
긴 세월과 함께 할 테니까요

당신이 꽃소식을 보내지 않아도
당신의 믿음과 사랑으로
바위처럼 단단해질 수 있어요

2010. 10. 21.

기다림

내 눈에 드리워진 마지막 교향곡이 빛날 때
그대 맞으러 동구 밖 고개 넘어 왔건만
달빛만 고독에 젖어 밤을 지새는데……

동지섣달 나목들의 그림자만 무심히 서 있고
솔잎 사이로 부는 바람은 귓전을 스칠 뿐
고요만이 온 산을 짙은 안개로 지배한다

그대 기다리는 시간이 너무 무거워
그리움을 뒤로하고 산 그림자 묻혀
밤을 재촉하는 발걸음에 시름만 깊어지네

2010. 10. 23.

* 나목(裸木): 잎이 지고 가지만 앙상히 남은 나무.

당신이 떠나면

아침 이슬 목메어 풀잎에 매달릴 때
햇살은 어느 듯 동산을 등지고
허공을 줄기차게 비상하면

내 안에 슬픔은
긴 한숨을 토해내며
저린 가슴으로 오늘을 기약한다

모란꽃 후두둑 떨어질 때면
그리움이 꽃잎자리에
아련한 기억으로 살아나는데

아직도 새벽안개는 귓가를 방황하는 거
미련 아니면 정 때문에

동짓달 그믐날밤
설한풍에 썰물처럼 빠져버리면
창가에 미련 한 자락 남기고
당신이 떠나버리면
나는……

2010. 10. 24.

* 설한풍(雪寒風): 눈 위로, 또는 눈이 내릴 때에 휘몰아치는 차고 매서운 바람.   27

눈 내리는 날의 애상

눈 내리는 날에
눈 속을 걷지 않는 사람은
남겨둔 사랑의 아픔이 크기 때문입니다

눈을 손에 받아보지 않는 사람은
아름다운 만남의 그리움이 힘겨워
순애의 상처로 외면하기 때문입니다

눈 내리는 날 창문을 열어보지 않는 것은
가슴에 묻어 나오는 더한 사랑을
감내하기 힘들기 때문입니다

눈 내린 달밤에 들녘에서 기도하는 것은
애상을 사랑으로 승화하기 위한
간절한 몸부림입니다

2014. 11. 28.

* 애상(哀傷): 슬퍼하거나 가슴 아파함.
* 순애(純愛): 순수하고 깨끗한 사랑.

사랑하는 이여

그대 가슴에 한 아름 꽃밭을 일구겠어요
내가 가진 씨앗 모두 심어서
세상이 한 아름 꽃과 향기로 취할 수 있도록

넓디넓은 당신의 가슴이
대해였으면 좋겠습니다
변함없는 믿음이 풍성해질 수 있도록

생명이 생동하는 삶의 터전을 마련하겠어요
하늘 아래 둔중한 산이 있으므로
소망의 열매를 한 아름 담을 수 있도록

당신과 함께 뜨거운 사랑으로 빙산을 녹아내려
내와 강을 보듬고 흘러 호수에 이르러
백조가 되어 춘몽에 나래를 접겠어요

2019. 7. 27.

* 이여: 정중하게 부르는 뜻을 나타내는 격 조사. 흔히 감탄이나 호소의 뜻이
  포함된다.
* 둔중(鈍重): 성질·동작이 둔하고 느림. 또는, 그 모양.

내 연인의 멋

만추의 낙엽이 뒹구는 대지에 애틋한 정감으로 다가와
고즈넉한 저녁놀에 정겨운 눈빛으로 목련이 피어나듯
편안하고 소박하여 행복해 보이는 여인이어라

활짝 핀 장미면서 머문 백합꽃 같은 순정어린 자태는
비온 뒤 무지개가 피어나듯 순수하고 영롱한 멋은
자존심이 강하면서 초승달 같은 순수한 여인이어라

그늘진 곳에 빛이 되어 배품의 귀감이 되는 아름다움과
고가품은 아니어도 세련미 넘치는 단아한 고운 맵시로
부의 가치를 인정하면서 인색치 않는 절제의 여인이어라

사랑은 아름다우나 삶의 전부라고 생각지 않는 감성은
마음이 허공 같아 채우려고 하지 않는 여유로움으로
고아하고 우아한 품성은 부덕한 지성의 여인이어라

애절한 구애도 파격적인 사랑도 거절하는 분별력과
과거의 인연을 간직하되 추억으로 남겨 둔 여백의 멋으로
삶이 풍요롭고 인정이 넘치는 조화로운 미덕의 여인이어라

2017. 8. 29.

* 관능(官能): 오관 및 감각 기관의 작용.
* 고즈넉하다: 고요하고 아늑하다.
* 부덕(婦德): 부녀자의 아름다운 덕행.

사랑이란

별들 중에 저 한 별이 내 가슴에 다가옵니다
사랑은 헤일 수 없는 별들 중에
우연과 달리 필연으로 만납니다

사랑은 따스한 마음으로 깊이 감싸주고
조건도 후회도 없는 깊은 정감으로
아무리 퍼주어도 후회 없이 익어가는 사랑입니다

사랑은 때가 되면 저절로 피는 꽃처럼
사랑을 이 색깔 저 색깔로 칠해보는 실험은
순수하지 못한 사랑으로 열매 맺지 못 합니다

아무리 노력해도 사랑이 싹트지 않으면
인연이 아니라고 그냥 잊어버리세요
짝사랑은 짠한 가슴앓이므로 허공의 구름과 같습니다

사랑은 용광로 같은 열정으로 하세요
용광로 사랑은 쉽게 식지 않아서 안전해요
내 영혼이 빛나는 확신으로 사랑을 해야 합니다

사랑이 더디고 꼬일 때는
사랑은 풋과일과 같이 숙성기간이 필요하듯이
사랑은 익어갈 때까지 인내가 필요합니다

사랑이란 이름은 집착하면 할수록 꼬여져
진정한 노력은 사라지고 사랑의 틀에 메여
사면초가에 갇혀 방향을 잃게 됩니다

진정한 사랑은 따스한 봄빛이 얼굴을 감싸듯
있는 그대로 비추는 것이지 내가 원하는 대로
바꾸려 하지 않아야 합니다

사랑은 보이는 위한 것이 아니고 보여 지는 것입니다
영원한 사랑은 얼음덩이가 물에 잠겨 있듯
깊게 감추어져 있는 것이 진정한 사랑입니다

2019. 12. 15.

* 사면초가(四面楚歌): 적에게 둘러싸인 상태나 누구의 도움도 받을 수 없는
   고립상태에 빠짐을 이르는 말.

사랑은 나래 위에

그리움이 드리워진 자아를 사랑으로 채색하여
아늑하고 포근한 내 영혼으로 꽃피워
아름다운 삶을 가꾸는 꽃밭이 되게 하리라

다듬고 다듬어서 찬란한 빛으로 물들여서
언제보아도 물리지 않는 단꿈처럼
내 영혼은 진한 사랑으로 엮어 내리라

내 사랑은 서툴고 투박하여 거칠어도
새벽을 알리는 동녘에 샛별 같은 그리움으로
소박하고 순수함이 녹아든 사랑이어라

뒤돌아보면 온갖 색으로 뒤범벅된 삶도 있었지만
따스한 봄날의 향기로 그대 모습 다가오는 길목에
사랑도 나래 위에 영원한 아름다운 꿈이여

오늘도 노을 진 들녘을 장식하는 황홀한 열정으로
정겹고 빛나는 순간들을 포근히 감싸 안아
가없이 퍼져나갈 사랑은 나래 위에

2020. 2. 28.

* 나래: 흔히 문학 작품 따위에서, '날개'를 이르는 말. '날개'보다 부드러운
  어감을 준다.
* 가없다: 끝없이 무궁무진하다. 무한하다.

슬픈 사랑

노을은 잿빛 황혼으로 드리워져
그리움은 밀물처럼 출렁이고
가슴은 멍들고 자정은 새벽으로 가는데
이룰 수 없는 사랑의 구름인가요

미워하면서 미워 못하는 것도 죄인가요
썰물처럼 빠져버린 갯벌은
가슴 저미며 그리워해야 할
내 모습의 공허한 그림자인가요

한 여름 밤의 폭포수처럼 쏟아지는
소낙비 순정을 움켜쥐면서도
내 마음의 빈들은 어찌 할까요

스쳐가는 바람결에 저민 가슴 달래며
지난 추억에 매달려 심장의 피가 거꾸로 솟는 듯
하늘 끝에 맴도는 조각구름처럼 초라한 슬픈 내 사랑이여

2020. 2. 2.

* 멍들다: 마음속에 쓰라린 고통의 흔적이 남다.

내 안에 사랑

내 안에 사랑은 내게만 존재해야 할 소중한 보석이고
내 안에 사랑은 언제나 촛불처럼 나를 태우는 빛이며
바람 같은 인연이라 말해도 굳은 신념의 사랑이라

내 안에 사랑은 주어도 주어도 아깝지 않으며
내 안에 사랑은 만남은 바위 같은 믿음으로
미미하고 작지만 시들지 않는 영원한 사랑이라

내 안에 사랑은 천둥과 번개가 요동치는 열정이고
내 안에 사랑은 감추어도 정감으로 느끼며
바람 부는 언덕에 홀로 있어도 외롭지 않는 사랑이라

내 안의 사랑에 폭풍도 극복할 수 있는 의지의 강함이고
내 안에 사랑은 순결하고 고귀하여 물망초의 영원한 향기로
타인이 당신을 사랑한다 해도 나만을 간직한 변함없는 사랑이라

2020. 3. 2.

사랑의 언약

하늘빛 침묵으로
겹겹이 숨겨진 사랑이여
천년의 묵은 향기는
당신과 만남은 영원불변이었소

이별은 만남의 시작이고
순간은 영원일 수 있다는
당신의 언약은

슬픔은 기쁨의 노래가 되어
당신과 함께 향유할 사랑으로
천년의 돌이 되겠습니다

2020. 5. 25.

* 언약(言約): 말로 약속함. 또는 그런 약속.
* 향유(享有): 누리어 가짐.

내 마음에 당신의 꽃밭을

따스한 봄볕이 어리어 화창한 날
비옥한 땅에
내 마음에 당신의 꽃밭을 일구었어요

천둥 번개를 몰고 온 모진 비바람이
거세게 몰아쳐도
거뜬히 이겨내는 꽃밭으로

코를 자극한 강한 향보다
은은하고 고아한 향기로
내 영혼에 꽃밭으로

화려하고 만발한 꽃밭보다
늘 보아도 질리지 않는
소박하고 순수한 꽃밭으로

짧은 기간에 눈부시게 세상을
유혹하는 꽃보다
끈질기게 피고 지는 꽃밭으로

나는 당신에게 당신은 나에게
둘만이 오붓한
정겨운 꽃밭으로

당신은 내 마음에 녹아든
하늘의 별처럼
영원한 사랑의 꽃밭으로

2020. 3. 3.

그대

오마하지 않았지만
조마조마한 내 가슴에
심상으로 다가서 있고

그대의 따스함이 그리울 때
내 야윈 가슴에 녹아들어
불을 지펴주었고

답답함이 미어질 때
소슬한 바람 되어
도닥거려 주었다

내 마음이 야위었을 때
너의 흔적을
상큼한 냄새로 남겨주었고

내 마음이 심란할 때
어느새
내 마음속에 머물러 주었다

그대 생각이 자리할 때마다
붉은 장미의 입술처럼 불꽃 사르듯
늘 행복하고 평화로웠다

이렇게 당신이
깊은 정감으로
내 맘 속에 머물고 있는 한

나 또한
당신의 녹아들어
사랑과 믿음으로 가득 차도록

2020. 3. 6.

* 심상(心想): 마음속의 생각.
* 심연(深淵): 깊은 못.

사랑은 계절 따라

새봄은 대지를 희망으로 싹틔워
화사한 봄을 가꾸기에 분주한데
그대여 아는가 환희의 기쁨을

태양은 온 대지를 불 지펴
뜨겁게 사랑을 달구는데
그대는 아는가 정열의 사랑을

낙엽은 길을 잃고 방황하는데
새벽달 기울도록 목메는 나를
그대여 아는가 나목과의 이별을

백설은 온 세상을 뒤엎는데
빛바랜 추억을 지워야 하는
그대는 아는가 길 잃은 철새의 번뇌를

2020. 9. 27.

* 환희(歡喜): 매우 기뻐함. 또는 큰 기쁨.
* 번뇌(煩惱): 마음이 시달려 괴로움.

그리운 님이여

청량한 별들은 밀월을 즐기는데
공허한 마음에 미련 없이 가는 세월
붙잡은들 허무한 것을

그리움은 영겁의 세월을 붙잡고
한 줄기 찰나의 빛도 순간이듯이
춘몽에 아른거리는 윤삼월의 허공에서만 존재하는 님

허공의 끝자락에 매달린 듯 소용없음을 알면서도
그래도 내게 다가올 희망을 띄우는 한 알의 씨앗이어라

사랑으로 크고 대지의 품안에서 꽃피는 한 떨기 꽃은
내 그림자를 깨워서 희망을 봄을 알리는 순정으로 익는데

황량한 빈들에 백설은 소설 속의 주인공 되어
내 안의 고독 속에 꽃으로 피어날 그리운 님이어

2020. 12. 21.

* 밀월(蜜月): 꿀같이 달콤한 달이라는 뜻으로, 결혼 직후의 즐겁고 달콤한
  시기를 비유적으로 이르는 말.
* 윤삼월(閏三月): 윤달인 3월을 이르는 말.

내 사랑 별과 같이

내 사랑은 샛별이 언약하고
출렁이는 밀물이 사랑의 언어였다

그대 마음 멀리 있다 해도
내 가슴에 깊은 뿌리로 내려진
천연 바위여라

사랑의 환희와 번뇌가
교차했던 삶들도
내 안에 사랑이여라

무언의 몸짓 속에
진실이 있고
내면에 꿈틀대는
기다림이 있다

저 하늘에 별처럼
무한한 빛이 되어
내 안에 머무는 영롱한 사랑이여

2020. 12. 21.

* 환희(歡喜): 매우 즐거움.
* 번뇌(煩惱): 마음이 시달려 괴로움.
* 교차(交叉): 2개 이상(以上)의 선상(線狀)의 것이 한 곳에서 마주치는 것.

사랑의 흔적

잠 못 이뤄 뒤척일 때 잔잔한 호수처럼
한 줄기 빛과 같은 영혼으로 드리우고
사랑의 아픔으로 괴로울 때 살짝 스치는
세월 속의 그리움으로 다가선 흔적이여

사랑이 머무는 곳이 당신의 가슴만이 아니고
그대 스쳐온 향기가 그렇고
당신의 시선이 머물던 곳이면 그 또한 흔적입니다

내 마음에 곱게 드리워진 당신의 미소는
정겹고 아늑한 바람결로 다가와
아름다운 자취와 흔적으로 남을 내 사랑이여

2021. 1. 28.

그리움

그리움은 가슴에 묻어 두어도 보고 싶고
사랑은 추억으로 내 눈에 새겨도 새롭다

보고 싶다는 것도 그리움이다
새벽에 소복이 쌓인 눈처럼
내 가슴에 포근히 쌓인 따스함이라

미움도 사랑의 흔적이 미련으로 남아
봄이 오면 꽃으로 단장하듯이 곱다

이별도 사랑에 대한 미련으로
언제가 만날 수 있는 소망으로 영글다

당신의 사랑이 미루나무처럼 하늘에 닿으면
그리움이 꽃으로 피어 당신을 맞으리다

2021. 1. 29.

황혼의 사랑

젊은 날의 불타는 사랑도 아름답지만
황혼의 사랑은 촛불을 태우듯 은은하고

잔잔한 물결처럼 초연이 빛나며
하루를 장식하는 노을처럼 찬란하다

황혼의 사랑은 오랜 세월과 하나 되어
숭고하고 지고한 정성으로 영글은 삶이다

2021. 2. 3.

* 초연(超然): 범위(範圍) 밖으로 뛰어난 모양.
* 숭고(崇高): 뜻이 높고 고상하다. 존엄하다.
* 지고(至高): 더할 수 없이 높음.

사랑의 사계절

봄에는
가녀린 진달래의 가슴으로 피는
소년의 풋 사랑으로

여름에는
폭풍처럼 쏟아지는 소나비의
열정적인 청춘의 사랑으로

가을에는
대지의 풍요 속에 결실을 맺는
장년의 성숙한 사랑으로

겨울에는
새벽에 소복이 쌓인 포근한 눈처럼
어머니의 고귀한 사랑으로

사랑은
사계절의 아름다움으로

2021. 4. 1.

* 소년기(少年期): 소년(少年), 소녀(少女)로 있을 동안(one's boyhood,
  one's early days).
* 청년기(靑年期): 대체로 열네댓 살에서 스물네댓 살까지의 시기(時期).

2부

삶의 향기

해변에 남긴 사연

옅은 미소가 담긴
공활한 해변에
뜨거운 밀어가 밀려오면

내 눈에 닮아진
몽상의 씨앗 속에
익어가는 계절의
유순한 노래의 여운 밟아
전설의 창을 더듬는다

오늘도
해변은 고운 노래로
하늘을 장식하고
어둠이 살며시 세어 들 때면
아무도 모르게 진홍빛
의상을 갈아입고
염원의 달을 가꾸고 있다

가슴속에 천년을 쌓여 가고 담아 온
모래 위에 씻기우고 새겨진 발자국은
끝없이 숨 가삐 키워온 해조음 따라
천년을 그리리라

1967. 8. 11.

* 몽상(夢想): 꿈속의 생각. 꿈같은 헛된 생각. 실현성(實現性)이 없는
  허망(虛妄)된 생각.
* 해조음(海鳥音): 바닷새 소리.
* 공활(空豁)하다: 텅 비고 매우 넓다.

만추

시월의
노을빛 찬바람이 물 위를 스쳐 가면
때 묻지 않는 손길은
세월의 심장

여기에 파고드는 가난한 눈매는
초혼에 방황하는 내 영혼

푸른 하늘을 등진 세월의 무게는
다문다문 지는 만추를 망상하며

낙엽을 긁어모아 불 피워
로댕의 상념을 회상하는 것은
조용히 찾아드는 가을의 임종을

만추홍엽으로 대지를 단장하는 건
찬란한 내일의 나목을 염원하며
화려히 꾸미려는
뜨거운 입맞춤

1967. 11. 11.

* 만추홍엽(晚秋紅葉): 늦가을의 붉게 물든 단풍잎.
* 상념(想念): 마음속에 품고 있는 여러 가지 생각.
* 초혼(初昏): 해가 지고 어슴푸레 땅거미가 지기 시작할 무렵.

호수

달빛 부서지는 호수에
하늘이 열리면

너는
터질 듯한 순정의 시점을
동그랗게 번지면

나는 그 속에
내 자화상을 띄우어
너의 깊은 사연을
내 영혼에 새겨두련다

파릇한 추억이 무너져 갈 때마다
말없이 번져만 가는 너의 모습에
내 가슴은 열리어
돛배는 지나고 있었다

호수
너만이 가질 수 있는
끝없는 상념 속에
오늘도 불러다오 저문 내 마음을

1968. 8. 5.

* 상념(想念): 마음에 떠오르는 생각.
* 순정(純情): 순수(純粹)한 감정(感情)이나 애정(愛情).
* 심연(深淵): 깊은 못.

벌판

파란 하늘이
지표를 닮아가면
파란 하늘이 영글어간다

싱싱한 젊음이 쏟아져 내려오는
여기는
허허로움이 밀려가는
너
그리고 나의 벌판

억겁의 세월이
일월로 영글어가면
삭막한 광야에 밤은 내리고
그리고 둔중한 산의 자세가 밀려가면
아득히 번져만 가고
무수히 쏟아지는 패기의 깃발들

모든 장막이 거치 우는
광활한 벌판에
패기의 젊음이 넘친다

1968. 9. 9.

* 억겁(億劫): 무한하게 오랜 시간.
* 둔중(鈍重)하다: 부피가 크고 무겁다.

눈 내리는 밤

내 작은 영혼에 베인
너의 숨소리는
나의 한 줄기 생의 보람이다

온 누리를 뒤엎은 함박눈은
동심으로 그린 원색의 동화이다

얄팍해진 달력을 뜯어내며
뇌리를 스치는 수많은 회상은
끝없는 배회의 나그네가 된다

이렇게 흰 눈이 내린 밤은
성장 후 파문의 의미를 내뱉으면
아픈 가슴의 위안을 찾으러
내 영혼은 전설의 창을 더듬는다

내 눈에 새겨진
너의 흔적을 찾아
오늘밤도
먼 항해자의 길을 걷는다

1987. 12. 27.

* 파문(波紋): 수면(水面)에 이는 잔물결. 파륜(波輪).
* 배회(徘徊): 목적(目的) 없이 거님.

마음의 행로

들국화 여울진 들녘의 고추잠자리는
하늘을 수놓는데
수수밭을 맴도는 내 마음의 행로는
미련 없이 세월의 흔적 마저 지우고

이제는 뉘들의 기억보다 내 눈 속에 새겨진
추정에 길들여진 습성들은
만추의 공허한 풍경과 이별을 고한다

이제는 돌아선 아이의 눈짓이
뒤늦은 내 마음의 긴 이랑에서
석별의 기억만 남겨 놓는다

1975. 10. 10.

* 행로(行路): 세상을 살아가는 길.
* 추정(秋情): 가을철에 느끼는 생각이나 분위기.

세월

나그네의 세월은 바람과 구름처럼
흘러갈 미련들로 애닳다

초라해진 생각들의 조각들은 귓전을 스칠 뿐
속절없이 흘러가는 세월마저 놓이기 아쉬운
무력한 내 영혼이여

흘러가는 세월은 멈출 수 없으니
그대 가슴에 나를 싣고
내 가슴에 그대를 실어
너를 닮은 사랑 하나 내 눈에 심어 간직하련다

2001. 2. 1.

* 애닳다: 애처롭고 쓸쓸하다. ⇒ 규범 표기는 '애달프다'이다.

세월은

강물 같은 것이다
옹달샘을 시작으로
내와 강을 흘러 바다에 이르듯
정처 없이 흐르더라

구름 같은 것이다
하늘 어디선가 생겨나 사라지고
사라지고 생겨나 떠다니다 흔적도 없더라

바람 같은 것이다
살랑바람인가 싶더니
태풍으로 천지를 요동치는 폭군이더라

사랑이더라
뜨겁고 달콤한 사랑도
그리움을 남기고 떠나듯이
가슴 아픈 상처이더라

계절이더라
봄이 가는가 싶더니 여름이 오더니
찬란한 가을도 겨울에게 넘기고 가더라

변덕쟁이더라
세월이 더디다고 투덜대더니
세월이 지난 뒤엔 세월은 유수 같아 하더라

길손이더라
가고 오고 오고 가는 나그네같이
헤일 수 없는 세월과 함께 하더라

인생 또한 세월 같으니
세월로 시작해 세월로 지는 인생
기울면 차고 차면 기우는
세월의 이치가 곧 사람의 일생이더라

2007. 3. 5.

* 길손: 먼 길을 가는 나그네.
* 헤아리다: 짐작하여 가늠하거나 미루어 생각하다.

바람의 길

오늘도 바람은
어스름한 새벽달을 뒤로 하고
새벽안개 속에 피어나는
아기 목련을
살짝 안아주고 길을 떠난다

길 건너 미루나무와 입맞춤하고
지붕 위를 스치듯 지나
살구나무를 뺨으로 비벼주고
뒷마을 고개 너머 산에 이른다

바람의 길은 어디일까
보이질 않지만
나뭇잎과 깃발이 흔들리는 걸 보면
바람의 길은 거기일까

그래도
아무리 눈여겨봐도
바람 길은 찾을 길 없다

바람은 쉼 없이
구름 사이로 모습을 그리며
내일을 꿈꾸며 진화한다

2008. 4. 10.

* 진화(進化): 진보하여 차차 더 나은 것이 됨.

유수(流水)

흐르는 강을 보노라면
흐르고, 흐르고 또 흘러
한없이 흐르는가

어찌 이 마음은
흐르는 저 곳에
허무와 고뇌가 도사리고 있는고

삶은 자연의 순리 속에서
빛나는 진리인 것을

세월의 탓만 하려는
이내 심사는 어찌 할꼬

무심으로 흘러가는 물에
나 또한 유수에 띄워져
흘러 흘러
흘러가는 것을

2009. 8. 7.

* 유수(流水): 흐르는 물.

망상(妄想)

흩뿌리는 빗속을 방황하는
유랑의 길손처럼
가없는 세월에 나를 맡긴다

혼자이고 싶을 때는
창가에 맴도는 바람처럼
멀리서 들리는 비비새 울음은 애닯고
창가에 떨어져 뒹구는 낙엽의 낙서들만
허황한 벌판에 방황하고 있다

상사화 꽃도 작년 그 자리에 다시 피고 지고
임 맞으러 갔다 돌아오는 모퉁이서
떨어지지 않는 발길을 재촉하나
망부석처럼 그 자리에 서있는 그림자여

2009. 9. 30.

* 망상(妄想): 이치에 맞지 아니한 망령된 생각을 함. 또는 그 생각.
* 상사화(相思花): 수선화과의 여러해살이풀로. 8월에 자주색 꽃이 산형(繖形)
  화서로 피고 비늘줄기는 검은 갈색이다.
* 망부석(望夫石): 남편과의 이별을 슬퍼하여, 가는 남편의 뒤를 바라다보며
  선 채로 죽어 돌로 화하였다는 고사.

어욱—새

늦가을 강기슭 언저리
눈여겨보아 줄이 없는 언덕에
무언지 그리움 찾아 나선다

억센 듯 가녀린 너의 모습은
진홍빛 노을에 저민 가슴
서럼으로 달랜다

오늘도
안으로 안으로만 고뇌를 되씹으며
한 줄기 바람의 위로로
삭이는 어욱—새야

이제 저문
가을의 끝자락에 머물지 말고
차라리 시원스런
천년의 한을 내뱉어라

2009. 10. 29.

* 어욱—새: '억새'의 옛말
* 서럼: '서러움'의 변형어

푸념

만추의 황혼에 들꽃의
몸부림이 가엽다

세상을 세월과 부대끼면서
잡는 것보다 놓아주어야 할 것들이
많아진다

마음이 여유로울 때는
살아온 만큼 외로움이 몰려와
까닭 모를 눈물에 하늘을 본다

2010. 10. 4.

* 푸념: 마음속에 품은 불평을 늘어놓음. 또는 그런 말.
* 만추(晩秋): 늦은 가을.

외로움

흩뿌리는 는개처럼
유랑의 길손은
아련한 추억의 시름으로 깊어진다

창가를 흔드는 보라색 사연은
새벽녘에 비비새의 애곡으로
더욱 깊은 곳에 한의 불을 지핀다

창가에 떨어지는 목련의 비애보다
서리서리 맺힌 사연들은
기다림으로 무르터져 이슬비로 내린다

2010. 6. 13.

* 는개: 안개비보다는 조금 굵고 이슬비보다는 가는 비.
* 흩뿌리다: 비나 눈 따위가 흩어져 뿌려지다. 또는 그렇게 되게 하다.
* 애곡(哀哭)하다: 소리 내어 슬프게 울다.

기도

창틈으로 새어나오는 사랑의 눈망울에
그리움이 쌓이면
아득히 먼 저 산 너머 황혼은 지고
그대의 무언의 기도는
호수에 띄워 논 심장처럼 파문이 인다

별빛 쏟아지는 밤은 소망을 꿈꾸고
내 영혼은 사랑을 그려내어
나의 기도는 깊은 영혼으로 빠져 든다
달은 호수에 그림자를 길게 드리우고
내일의 희망을 속삭인다

2010. 10. 23.

세월아

세월은 바람 속에 흘러가면서
만남과 이별은 시려오는 아픔이었다

세월은 지나간 순간들을
추억 속에 떠밀어
저림 가슴 조아리는데

시간에 접힌 세월은
이별을 남기고 모른 척
오늘도 놀 속에 지워버린다

아
세월아 너만 가고
영원의 인생을 남기고 가다오

2011. 2. 28.

흐르는 강물 위에

덧없는 세월에 의구한 강산을 바라보며
꽃들은 갈봄 여름 없이 피고 지는 세월에
흐르는 강물 위에 불쑥 솟은 바위처럼
정년을 맞았습니다

감싸주시고 보듬어 주셨고,
사랑해 주신 지인님이여!
강물 따라 흐르는 돛—배를 멈추고
잠시 정년의 바위에 올라
굴곡의 지난 삶을 더듬어 봅니다

오늘은 흐르는 세월도 잠시 붙잡아 메고
가슴속 회한을 마음껏 내뱉으며
40여 년의 사랑과 정성으로 피운 이 꽃 저 꽃의 향기를 맡으며
다시 힘차게 노 저어 갈 저 대양을 바라보며
멋진 항해를 꿈꾸렵니다

2011. 8. 25.

* 정년퇴임식 축사: 2011. 8. 25.
* 의구(依舊): 옛 모양과 변함없음.
* 굴곡(屈曲): 사람이 살아가면서 잘되거나 잘 안 되거나 하는 일이 번갈아
  나타나는 변동이 있다.
* 회한(悔恨): 뉘우치고 한탄함.

이런들 어떠리오 저런들 어떠리오

5월의 공원 뜰에 장미꽃은 아니어도
길가에 피어있는 이름 없는 꽃이라 해도
지나는 길손에 미소 짓는 꽃이면 어떠리오

수많은 날들을 홀로 심사유곡을 방황해도
내 작은 영혼을 꺼내어 산천초목과 미소 지며
보낸들 어떠리오

천둥 번개를 몰고 올 하늘을 뒤덮은 먹구름은 아니어도
아득히 먼 산 너머 넘어 쪽배구름이 다가와
함께 갈 고향의 동행으로 기다리는 기쁨도 어떠리오

섣달 그믐날 새벽녘에 잠 못 들어 망상으로 고해한들
옹달샘이 내를 지나 바다에 이르는 자연의 섭리처럼
유유자적하며 흐르는 물처럼 사는 삶은 어떠리오

꽃은 피고 지고 또 피어도
한 번 지면 못 피는 인생의 꽃이라 헤도
물처럼 바람처럼 빈 마음으로 동행하면 어떠리오

2012. 12. 30.

* 어떠: '어떠하다'의 어근.
* –리오: 혼잣말에 쓰여, 어찌 그러할 것이냐고 반문하는 뜻을 나타내는 종결 어미.
* 유유자적(悠悠自適): 속세에 속박됨이 없이 자기가 하고 싶은 대로
  마음 편히 지냄을 이르는 말.

바람

산바람 골바람이 만나
새바람을 일구어 내어
이곳저곳에
사랑을 부어주니
마냥 수줍은 듯 얼굴을 붉힌다

산기슭 소나무는 힘을 내어
새 찬 바람으로
구름을 불러 모은다

내 영혼도 끼어들어
살짝 고개를 내밀어
힘을 돋운다

숱한 전설이 전해오는 언덕배기
저 산 너머 오붓한 오솔길에
봄의 전령이 바삐 걸어와 숨차하면

바람은 등 뒤를 밀어주며 위로한다
나는 바람과 함께 영성을 꿈꾼다

2015. 3. 9.

* 돋우다: 위로 끌어올려 도드라지거나 높아지게 하다.
* 영성(靈星): 신령스러운 별.

봄의 서정

춘풍이 옷깃을 여미어 복사 골에 이르니
산기슭 연분홍 자태는 화사한 미소로 반긴다
봄빛은 대지에 가득히 어리어 화창한데
춘몽에 취해 어른거리는 아늑한 윤삼월이여

2017. 4. 14.

* 윤삼월(閏三月): 음력으로 윤달인 3월을 이르는 말.
* —이여: 정중하게 부르는 뜻을 나타내는 격 조사. 흔히 감탄이나 호소의
  뜻이 포함된다.
* 아늑하다: 포근하게 감싸 안기듯 편안하고 조용한 느낌이 있다.

숫돌

숫돌은 인생이다
인생은 갈고 닦지 않으면 무디어 지듯이
아름답고 알찬 인생은 숫돌에 갈아 날을 세우듯
험하고 거친 세상을 숫돌과 같이 갈고 닦아야 한다

숫돌은 의인이다
자신은 할 키고 부서지고 팽개쳐도
묵묵히 자기만의 본분을 지키며
종말엔 버려지는 운명도 마다하지 않는 의인이여

인생도 숫돌을 타산지석으로 삼아 덕행을 갈고 닦아
숫돌이 가진 연마의 법칙을 본받아
행복과 사랑이 넘치는 한 톨의 밀알이 되자

2020. 2. 22.

* 타산지석(他山之石): 본이 되지 않은 남의 말이나 행동도 자신의 지식과 인격을
  수양하는 데에 도움이 될 수 있음을 비유적으로 이르는 말.
* 연마(硏磨/練磨/鍊磨): 돌이나 쇠붙이, 보석, 유리 따위의 고체를 갈고 닦아서
  표면을 반질반질하게 함.

내 마음 갈 곳을 잃어

나지막하고 그윽하게 애원하듯 부르는 소리가 있어,
꿈꾸듯 내 영혼은 세레나데의 선율에 심취해 흔들리고
물에 어린 달빛은 메아리 없는 사랑의 미로에 운다

어렴풋이 어른거리는, 지난날의 회상은
뒤돌아 아쉬움을 남기며 내 눈은 젖어드는데
별빛이 새어 든 들창문은 고독을 제우고 있다

이제는 그대 옛 그림자만이 미련 속에 지고
심란한 내 마음에 칠석비는 가슴을 짓누르며
그대 향기는 묵직한 안단테의 여운으로 사라진다

2020. 3. 1.

* 칠석(七夕): 음력 7월 7일의 명절. 이날 밤에 견우성과 직녀성이 오작교를
  건너서 만난다고 함.
* 세레나데(serenade): 저녁 음악이라는 뜻으로, 밤에 연인의 집 창가에서
  부르거나 연주하던 사랑의 노래.

삶의 단상(斷想)

사람이 태어나 한 평생을 사노라면
행복만이 아니라 불행 또한 찾아든다
사회
가정
직장
각종 사고
병고 등
피할 수 없는 생의 질곡에서
너무 쉽게 삶을 포기하는 것이 아닌지?
인생의 여정 가시밭길도 있지만
역경을 이겨내는 용기와 인내는
인생의 삶의 촉진제가 된다
인생은 흥진비래와 고진감래가 반복되는 일생을 겪는다
이것은 인생이 피할 수 없는 천명인 것이다

2020. 3. 8.

* 단상(斷想) :생각나는 대로의 단편적인 생각.
* 질곡(桎梏): 몹시 속박하여 자유를 가질 수 없는 고통의 상태를 비유적으로
  이르는 말.
* 흥진비래(興盡悲來): 즐거운 일이 지나가면 슬픈 일이 닥쳐온다는 뜻.
* 고진감래(苦盡甘來): 쓴 것이 다하면 단 것이 온다라는 뜻으로, 고생 끝에
  낙이 온다.

삶의 향기

탄생은 꽃처럼 피어나고
인생은 강물처럼 흐른다

가는 세월 붙잡을 수 없고
오는 세월 막을 수 없으니
인생은 한갓 자연의 피조물이고
구름이여라

인생은 바람 같은 것
삶은 새옹지마이니
인생은 남이 아닌 본연의 나로 살아야 하고

마음을 비우고 초연한 자세로
나를 다듬으며
만족하며 사는 것이
삶의 향기가 아닐까?

2020. 3. 8.

* 초연하다(超然): 어떤 현실 속에서 벗어나 그 현실에 아랑곳하지 않고 의젓하다.
* 새옹지마(塞翁之馬): 인생의 길흉화복은 변화가 많아서 예측하기가 어렵다는 말.
* 피조물(被造物): 조물주에 의하여 만들어진 모든 것. 삼라만상을 이른다.

여름 예찬

화사한 청춘의 계절은 모란과 함께
여름과의 이별의 손을 놓는다

태양과 바람은 생의 원천이고
삶의 의미를 불어 넣는다

자연이 빚어놓은 초록의 세상은
강한 생명력의 원동력이고

녹색천국은 대지를 품에 안은
어머니의 강한 모성애가 빛나는 계절이다

여름은 넘치는 활력과 생동감으로
찬란한 희망을 엮어낸다

한 여름은 영롱한 별과 함께
밤의 열정으로 싱그럽게 내일을 수놓는다

2020. 8. 21.

* 엮다: 여러 개의 물건을 끈이나 줄로 어긋 매어 묶어 물건을 만든다.
* 수(繡)놓다: 여러 가지 색실을 바늘에 꿰어 피륙에 그림, 글씨, 무늬 따위를
  떠서 놓다.

행복이란

넘칠 듯 넘치지 않는 모자람이 여유로움일 수 있고
평화로운 듯 하다 조금은 불안이 더 안정적일 수 있다

기다림에 지쳤을 때 느긋한 마음이 편안일 수 있고
오늘보다 내일을 기다림이 더 희망적일 수 있다

안락함이 일상 되면 고통도 그만큼 커지고
불행도 겪어봐야 행복의 소중함을 깨닫는다

슬픔은 아프지만 극복하는 심력은 행복의 근원이다

2020. 9. 12.

초혼(初昏)

노을 진 들녘의 뒤안길에서
잃어버린 추억을 더듬으며
밤과 낮은 이별의 아쉬움에 서성인다

흩어진 노을들의 조각들을 가슴에 품고
산산이 부서져 허공에 맴도는 이름이여

초혼,
내 사랑은 꿈결처럼 아련한데
가슴 아리는 실종된 언어들은 어디에 두고
황혼의 희미한 그림자만 드리우고 방황한다

한줄기 빛도 너의 손 안에 쥐어주자 했으나
그것마저 어스름 달빛의 그림자 되어
대지에 뒹구는 초라한 낙엽처럼 초라하다

나는 다시 내일을 밝히는 샛별일 줄 알면서도
어두운 세상 저편으로 뒤돌아섰다

그래,
나는 늘 그렇게 초혼이 되어
무상무념에 잠긴다

2020. 10. 3.

* 초혼(初昏): 해가 지고 어슴푸레 땅거미가 지기 시작할 무렵.
* 아련하다: 보기에 부드러우며 가냘프고 약하다.
* 무상무념(無想無念): 모든 생각을 떠나 마음이 빈 상태(狀態).

나목은 찬란한 신록을 꿈꾸며

만추의 나목 사이로 만월이 다가서 미소 지면
내 영혼은 꿈을 꾸듯 밤새가 되어
야행을 시작하는데

바람에 떨구어진 낙엽의 혼을 깨어
한밤의 공산에 황홀한 낙엽의 축제를 펼친다

밤의 향연이 무루 익는 동안
산기슭의 나목들은 낙엽과 이별을 고하고
낙엽의 화려한 숲의 무대를 위해 겸허한 마음으로
염원의 달을 가꾼다

비운 마음은 허전하나 저물어 가는 날들에 대한
공허한 침묵은 한 계절을 뛰어넘는 희망의 씨앗이어라

어느새 샛별은 새 날을 여는 데 분주하고
동녘은 벌써 새날로 가득 채워져
내일의 화려한 신록의 무대를 꿈꾼다

2021. 1. 10.

* 향연(饗宴): 특별(特別)히 융숭(隆崇)하게 베푸는 잔치.
* 나목(裸木): 잎이 지고 가지만 앙상히 남은 나무.
* 염원(念願): 마음에 간절히 생각하고 기원함. 또는 그런 것.

자연의 순리

슬퍼하지 마세요
기쁨과 슬픔은 언제나 교차합니다

파란 하늘에 두둥실 떠가는 구름도
폭풍을 이겨낸 인내의 모습입니다

우주의 위용을 자랑하는 태양도
번개와 천둥의 위력에 숨죽이고

공주처럼 밝게 빛나는 달님도
먹구름 속에서는 얌전해 하지요

여름에 부는 시원한 바람도
광풍과 태풍에 휘말려 숨기도 하지요

행복과 즐거움도
불행과 고통이 있었기에 더욱 빛납니다

2020. 11. 1.

인생(人生)

두둥실 떠가는 구름처럼
유유히 흘러가는 강물처럼

인생은 오고 싶어 오는 것이 아니요
인생은 가고 싶어 가는 것도 아니로다

자연의 섭리와 우주의 순리대로
인생 또한 구름이요 강물이어라

2021. 2. 3.

* −로다: 어미 해라 할 자리에 쓰여. 감탄을 나타내는 종결 어미. 장중한
  어조를 띤다.
* 섭리(攝理): ①신이나 정령이 인간을 위하여 세상을 다스리는 일. ②자연계를
  지배하고 있는 이법.
* 순리(順理): ①도리에 순종함. ②올바른 이치나 도리(道理).

대나무의 교훈

나는 대나무를 우러르고 싶다
억겁의 굳힘 없는 지조와 영혼은
무수히 흘러온 역사의 무게만큼
그의 향기는 인고의 세월이어라

천명을 엮어서 천년의 업을 쌓고
올곧은 신념으로 무장한 은근과 끈기는
고난의 무게를 무수히 넘나들었다

설한풍에 굳힘 없이 순리에 순응하고
정체성을 굳건히 지키는 의지의 선비여
꽃들은 한 시절을 풍미하고 떠나지만
사철 변함없이 우리와 함께하는 영생이여

태고의 정적을 마디마디에 움켜진
그윽하고 유유한 소리와 자태는
고고하고 숭고한 신비의 영물이라

당신의 면면은 인생의 삶과 다르지 않아
하늘 우러러 한 점 부끄럼 없는 참 진리는
내 삶의 영원한 스승이어라

2021. 3. 14.

* 올곧다: 바른 마음을 가지고 정직하게 살아가는 사람의 성품을 나타낸 말이다.
* 심지(心志): 마음에 품은 의지.
* 영물(靈物): 신령스러운 사물을 신통히 여겨 이르는 말.
* 유유하다(悠悠): 아득하게 멀거나 오래되다

한빛은 광명이어라

한빛은 만물을 잉태하고,
우주는 새 대자연을 탄생시켰다

한빛은 태양이다
영겁의 날들을 열고 닫으며
생명들의 삶을 추구하는 바탕이다

한빛은 드넓은 대지를 감싸 안고
대지을 품에 안은 문명의 터전이다

한빛은 구름과 바람은
쉼 없이 환경을 순환하여 영생을 꿈꾼다

2020. 10. 10.

* 잉태(孕胎): 아이를 뱀.
* 한빛: 광활한 빛.
* 영겁(永劫): 영원(永遠)한 세월(歲月).

봄의 예찬

동토의 혹한 세월을 굳건히 지켜온
봄의 강인함이 눈물겹다

봄은 생명이 태동하는 신비의 계절이고
봄은 영롱한 꿈의 낙원이다

봄은 연분홍 한복을 단장한 여인이
온 산천을 수채화로 그려 낸 향연장이다

한 계절을 풍미했던 애절한 사연의 모란도
풍성한 접시꽃에게 여름을 넘기고
아쉬움을 남긴 채 봄을 떠난다

2021. 3. 6.

* 굳긴하디: 뜻이나 의지가 굳세고 건실하다.
* 모란(牡丹): 작약과의 낙엽 활엽 관목으로 5~6월에 꽃이 피고, 뿌리는
  한약으로 쓰임.
* 접시꽃: 아욱과의 여러해살이풀. 6~8월에 접시 모양의 크고 납작한 꽃이 핀다.

3부

꽃피는 뜨락

야생화

계곡으로 흐르는 향기가
피로를 잊은 채 알차다
고고한 의지로
영혼을 품 안에 넣은 따스함은
침묵의 품속에서 호젓이 시작된다

먼 날로 향한 새 꿈은
함축된 가슴에
부족한 체온을 싣고 서성이며
낙조가 뵈는 서산마루에
향수를 띄운다

안으로 향한 내부의 충실을 키우면서
하나의 외로운 습성은
내 안에 별이 되어 잠든다

율동과 바람이 차단된 곳에서
새하얀 밀어를 싣고
내일을 동그랗게 낳는다

1968. 11. 12.

* 심연(深淵): 깊은 못.
* 함축(含蓄): 겉으로 드러내지 아니하고 속에 간직함. 말이나 글이 많은 뜻을
  담고 있음.

목련

목련은 오늘도 모진 춘설도 마다 않고
한올 한올 실타래를 풀어내 한을 삭이듯
새벽안개 속에 하얀 속살을 드러내며
수줍게 피어난다

살포시 하얀 커튼을 젖히는 학은
창공에 색실을 드리우듯 수를 놓아
사랑하는 이의 베갯잇에 나래를 접는다

공의 허무함을 내 안의 아픔으로 묵묵히 삭히며
그의 약손가락에서 금방 벗어 놓은 백금 반지도
순정의 약속으로 무르익는다

목련은 단아한 맵시를 간직하며
주옥같은 밀어는 목련으로 피어
환영의 봄을 그려낸다

봄처럼 화사하게 학처럼 우아하게
목련은 쉼 없이
새하얀 미소를 하늘가에 띄운다

2009. 4. 20.

* 환영(幻影): 공상이나 환각에 의하여, 눈앞에 있지 않은 것이 있는 것처럼
  보이는 것.
* 화사(華奢): 화려하고 사치스러움.
* 베갯잇: 베개의 겉을 덧씌워 시치는 헝겊.

진달래

숱한 전설을 안은 산자락에
정겨운 꽃으로 환생한 진달래
너는 빛바랜 기억들을 쓰다듬어
연분홍빛으로 탄생한 생명이여

속내를 감추지 못한 여린 꽃잎은
애틋하게 남아 있는 추억들이
소녀의 백옥같은 사랑으로 번지며
그리움도 함께 피어나고 있다

저 꽃잎 지고 나면 아쉬운 미련에
못다 이룬 순정은 애달픈 흔적으로 남기고
살가운 눈길은 가없는 무늬로 남아
아쉬움은 접어 둔 채 봄은 저만치 가고 있다

2009. 4. 7.

* 환생(還生): 다시 살아남.
* 가없다: 끝이 없이 무한하다.
* 살갑다: 마음씨가 부드럽고 다정하며 속이 너르다.

수선화

6월의 검붉은 장미의 매혹은 없어도
양귀비의 요염하고 뜨거운 열정은 없어도

내 안에 흐르는 에메랄드의 청아한 빛은
아름답고 영원한 삶으로 채색하고
깊은 사랑으로 단장한 꽃이어라

그윽한 향기로 드리운 잔잔한 미소는
그대의 가슴에 반짝이는 환희로 피어나
사랑의 여운을 담아 천년을 누리리니

새날을 열어주는 샛별처럼
우아하고 숭고한
그대 이름은
수선화이어라

2009. 5. 1.

* 우아하다(優雅): 고상하고 기품이 있으며 아름답다.
* 숭고(崇高): 존엄(尊嚴)하고 고상(高尚)함.
* 청아(淸雅): 맑고 아름다움.

장미

창틈으로 새어 나오는 사랑이란 이름에
덧없는 세월의 그리움이 쌓이면

아득히 먼 저 산 너머 노을이 지면
그대의 무언의 소망은 향기로 머물고
호수에 띄어 논 내 심장은 파문이 인다

까만 허공을 헤치고 나온 달님은
별과 함께 동화를 토해내고
가슴은 여울진 기억들을 더듬는다

장미는 골목길에 긴 그림자를 드리우고
내일의 축복을 위한 춘몽의 밤을 그려낸다

장미는 숫한 고뇌를 내뱉고
그의 열정은 붉은 장미의 바다가 되어
그리움은 사랑으로 무르익는다

2009. 5. 7.

* 여울지다: 물살이 세게 흐르는 여울처럼 감정 따위가 힘차게 설레거나 움직이다.

모란의 비애

모란은 춘설 속에 피는 매화와 달리
봄의 끄트머리에서 긴 장고 끝에 피어나
바리톤 음성처럼 나지막하고 그윽하게
봄과 여름의 갈림길에서 꽃의 피날레를 장식한다

주홍빛 은은한 향기는 가슴에 넘치고
중후하고 우아한 모란의 자태는
단아한 모습으로 천상의 눈길을 모은다

세월도 잠시 황실의 부귀영화도 떨쳐버리고
썰물처럼 빠져버린 텅 빈 왕궁에서
공허한 마음을 부여잡고 통곡하는 공주여

모란은 한 맺혀 멍든 핏덩이를 토해내듯
가는 봄의 뒤안길에서
낙화와 함께 여름과의 손을 놓는다

2009. 6. 9.

* 비애(悲哀): 슬퍼하고 서러워함. 또는 그런 것.
* 모은다: 동사 '모으다'의 활용형. 어간 '모으–'에 종결 어미 '–ㄴ다'가 붙어서
  이루어진 말이다.
* 피날레(이탈리아어): 연극의 마지막 막. 한 악곡의 마지막에 붙는 악장.

민들레

봄의 한 조각 빛이 머문 길섶의 민들레
화창한 날은 단아한 모습으로 창공을 비행한다

윤사월의 봄은 무르익고 떠나야할 세월이 아쉬워
끝없는 욕망을 채우러 봄을 깨어 담는 민들레야

황량한 대지의 봄기운은 촉촉한 비를 적시고
해거름 녘 샛바람은 상큼한 하루를 접는다

2010. 2. 24.

* 단아(端雅)하다: 단정하고 아담하다.
* 샛바람: 뱃사람들의 은어로, '동풍'을 이르는 말.

꽃이 아름다운 것은

꽃은 때와 장소에 따라
피고 지고를 반복하며 생명이 다할 때까지
자기 모습과 역할을 다 한다

꽃은 뭇사람들에게
기쁨과 감동을 준다

아픈 이에게 치유를
고통을 받는 이에게 진정을
슬픈 이에게는 웃음을
낙담하는 이에게 희망을 준다

꽃은 사람에게 고운 모습과 향기로
소망과 행복을 안겨준다

2010. 5. 9.

* 치유(治癒): 치료(治療)하여 병(病)을 낫게 함.

코스모스를 노래함

호젓한 오솔길 모퉁이에
버들처럼 휘늘어진 몸짓은
맑디맑은 청잣빛 하늘과 함께
가을의 동화로 수놓는다

소녀의 수줍은 고운 눈매는
천년만년 해맑은 미소로
환희의 세상을 누리리니

가녀린 코스모스의 애틋한 순정은
정화로운 모습과 향기로
여문 사랑을 가꾸어 내리라

2010. 9. 21.

* 정화(淨化): 불순하거나 더러운 것을 깨끗하게 함.
* 환희(歡喜): 매우 기뻐함. 또는 큰 기쁨.

목련의 낙화

봄의 환희 속에 목련이 낙화하는 것은
천년을 산다는 학의 전설처럼
내 안에 영원한 삶을 위한 기도여

순백색의 미련은 순정으로 넘치는데
가슴으로 쓴 서간문은 고독으로 지운다

지는 꽃잎은 낙수처럼 가슴을 치고
못 다한 연민의 말 묻으며 내일을 기약한다

2010. 11. 23.

* 연민(憐憫): 불쌍하고 가련하게 여김.

모란화(牡丹花)

내 가슴에 벅차오르는 학의 나래처럼
애틋한 가슴은 붉은 빛으로 내려앉는다
소망은 내 가슴에 깊이 심어
짙게 물들여 영원으로 채색할래요

정겹던 세월들은 순정으로 남아
잃어버린 미련은 사랑으로 삭혀내
내 안의 그대를 깊이 간직할래요

한 줄기 바람이 지나고 나면
정겨운 몸짓은 당신의 맘속에 뒹굴며
깊은 영혼으로 담금질할래요

사랑도 헛되이 못다 핀 그리움에 지쳐
유랑의 세월에 묻어야 할 모란의 몸부림
노을처럼 멍들어
밤의 여울목에서 방황이 시작된다

2017. 5. 17.

* 모란화(牡丹花): 관상용으로 재배하는데, 잎은 크며 늦은 봄에 여러 겹의
　붉고 큰 꽃이 핌.
* 여울목: 강이나 바다 따위의 바닥이 얕거나 폭이 좁아 물살이 세게 흐르는 곳.
* 물들이다: 빛깔이 스미게 하거나 옮아서 묻게 하다. '물들다'의 사동사.

찔레꽃

산모롱이 길섶마다 수놓은 하얀 찔레꽃
한여름 밤 고독의 넋으로 피는 한 서린 눈매는
그윽한 향기로 소복한 너의 고뇌가 서럽다

달빛 부서지는 외로운 밤을 몸부림으로 삭이며
천사를 닮은 새하얀 순결은 영혼으로 띄우어
다가올 세월과 함께 환상의 세상을 펼친다

2018. 5. 25.

* 소복(素服): ①흰 옷 ②상복(喪服)
* 환상(幻相): 실체(實體)가 없는 허망(虛妄)한 형상(形狀). 덧없는 현상(現象).

상사화(相思花)

그리움은 영겁의 세월을 붙잡고
한 줄기 찰나를 채색하여 나래를 펼친다

그윽한 향기는 물밀 듯 가슴에 밀려오고
추억은 노을 진 산골을 미풍으로 배회한다

사랑으로 피고 세월에서 성숙한 자태는
싱그런 여름의 산야를 붉게 불 질렀다

꽃잎들마다 전설이 녹아있고
그리움 속에 상상을 뛰어넘는 상사화여

2018. 8. 2.

* 상사화(꽃무릇): 수선화과에 속하는 여러해살이풀로 7, 8월에 꽃이 피고 잎이
  나중에 난다. 꽃과 잎이 날 수 없어 사랑을 이루지 못한다는 옛이야기.

꿈꾸는 꽃밭

별빛이 쏟아지는 아름다운 봄밤
나의 잠은 달콤한 꿈으로 향했어요

나는 내 마음에
눈부신 꽃밭을 일구었어요
내가 가진 씨앗 모두 심어서

꽃밭은 매화를 시작으로
갖가지 모양과 색깔로 만발해
꽃의 향연이 시작되었어요

정성과 사랑으로 일군 찬란한 꽃밭은
내 안에 꽃 왕궁을 꿈꾸었지만
뜻하지 않는 나그네만 넘쳐났어요

아!
내 마음의 꽃밭은 무너지고
한 여름 밤은
한바탕 꿈으로 끝난 영화여

2019. 4. 27.

* 영화(榮華): 세상(世上)에 드러나는 영광(榮光).
* 향연(饗宴): 특별히 융숭하게 손님을 대접하는 잔치.

유월의 장미

유월의 장미는 수채화 물빛을 머금고
눈과 마음은 아련한 정서로 번지며
안단테의 깊고 낮은 여운으로 잠긴다

그대 기다리는 시간이 너무 무거워
그리움을 뒤로하고 산 너머 노을은 진다

밤은 새벽을 재촉하는 샛별에 기대어
그리움은 핏덩이로 토해낸다

긴 여로에 지친 당신의 영혼은
숱한 고뇌를 내뱉으며
천자만홍의 장미바다로 펼쳐낸다

2019. 6. 7.

* 안단테(andante): 소나타 따위에서, 느린 속도로 연주하는 악장.
* 천자만홍(千紫萬紅): 울긋불긋한 여러 가지 빛깔이라는 뜻으로, 색색의 꽃이
  피어 있는 상태를 형용해 이르는 말.

동백꽃

잠든 내 영혼은 동백꽃 피는 소리에 깨어
뭉게구름에 꿈꾸듯 하늘을 비행하더니
숭고하고 고결한 향기에 젖었습니다

동백꽃 지는 소리에 놀란 가슴은 잠결을 헤매다가
소복이 쌓인 눈 위에 낙하한 꽃은 새빨간 피를 토하고
사랑하는 이의 영혼을 부르며 통곡한다

새벽녘은 아직 멀리 있는데 슬픔에 노예가 된
내 영혼을 달래며 황량한 대지를 헤매고 있다

나의 잠결은 가슴 저미는 슬픔으로 차오르고
샛별은 아다지오 음처럼 무겁게 아침을 열고 있다

2020. 3. 15.

* 황량(荒涼): 황폐하여 거칠고 쓸쓸함.
* 숭고(崇高)하다: 드높고 존엄하다.
* 고결(高潔)하다: 성품이 고상하고 순결하다.

내 마음에 당신의 꽃밭을

따스한 봄볕이 어리어 화창한 날
비옥한 땅에
내 마음에 당신의 꽃밭을 일구었어요

천둥 번개를 몰고 온 모진 비바람이
거세게 몰아쳐도
거뜬히 이겨내는 꽃밭으로

코를 자극한 강한 향보다는
은은하고 고아한 향기로
내 영혼에 꽃밭으로

화려하고 만발한 꽃밭보다는
늘 보아도 질리지 않는
소박하고 순수한 꽃밭으로

짧은 기간에 눈부시게 세상을
유혹하는 꽃보다
끈질기게 피고 지는 꽃밭으로

나는 당신에게 당신은 나에게
둘만이 오붓한 행복이 넘치는
영원불변의 꽃밭으로

당신은 내 마음에 녹아든
영원한 사랑의 꽃밭으로

2020. 3. 3.

제비꽃

저 산 너머 봄은 망설이고 구름만 한가롭게 오가는데
냇가 언저리에 잠든 살얼음은 솔솔 바람을 기다린다

시냇가의 마른 풀잎 사이에 작고 수수한 제비꽃
가냘프고 은은한 연보라 꽃잎은 가여워 눈물겹다
낮게 낮게만 겸허한 너의 모습은 차라리 성스럽다

바람도 지나다 너의 여린 모습에 가슴은 아리고
자정 넘은 별들의 속삭임도 사랑으로 채운다
황량한 들녘에 널 두고 떠나는 저민 가슴 달랜다

2020. 3. 26.

* 황량(荒涼)하다: 황폐하여 거칠고 쓸쓸하다.

꽃다지

봄꽃들이 다투어 피다지다 떠나간 들녘에
꽃다지는 이제사 눈 비비며 봄차림에 바쁘다

연둣빛 잎사귀에 샛노랗게 단장한 꽃다지는
머언 전설 속 피안의 세상에서 발돋음한다

수줍고 순수하여 길손마다 눈여겨보는
풀섶에 피어나는 꽃다지여

화려하고 향기로 뽐내는 꽃들보다
너만의 소박한 자태가 의연하고 곱구나

조올 졸 흐르는 냇물도 한가로이 떠도는 구름도
고즈넉한 들녘에 화사한 너 안의 봄이 빛난다

2020. 4. 12.

* 꽃다지: 크기 20~30cm 봄에 노란 꽃이 줄기 끝에 총상화서로 핀다.
* 이제사: '이제야'의 방언(강원, 경북, 전라, 제주)
* 의연(毅然)하다: 당당하다, 떳떳하다.

글라디올러스

글라디올러스는 수채화 물빛을 머금고
그의 향기는 온 누리로 퍼져나가
나의 속내로 깊숙이 파고든다

채울 수 없는 당신의 마음을 기웃 거리다가
오늘도 기다림은 서산을 진홍으로 물들이고
내 안의 그리움은 원점만을 맴돈다

아직도 가슴 깊이 묻어둔 사랑은 불씨로 남아
당신을 맞이할 길목에 붉은 주단으로 깔려 있거든
그것은 당신을 마중 나간 내 마음입니다

2020. 10. 22.

* 원점(原點): 시작이 되는 출발점. 또는 근본이 되는 본래의 점.
* 주단(紬緞): 명주와 비단 따위를 통틀어 이르는 말.

난(蘭)의 미학

천년의 그윽한 소리는 신선의 표상이고
강한 듯 여림은 군자의 유연한 미덕이다
자태와 맵시는 시와 곡이 되어 고고하다

뿌리는 얽이고설키어 강인한 생명의 근본이고
꽃은 고아하고 숭고하여 보는 이는 선인이 된다
향은 청천 하늘에 녹아들어 누구나 탐할 수 없고
잎은 장단하고 교차하여 곡선은 조화의 극치이다

난은 세월을 기다리며 자연의 섭리에 순응하고
난은 사람이 다가서면 난이 사람에 다가선다
난의 청아한 기품은 태초에 신비의 빛이어라

2021. 3. 17.

* 미학(美學): 자연이나 인생 및 예술 따위에 담긴 미의 본질과 구조를
  해명하는 학문.
* 고고(孤高)하다: 세상일에 초연하여 홀로 고상하다.
* 숭고(崇高)하다: 뜻이 높고 고상하다.
* 태초(太初): 하늘과 땅이 생겨난 맨 처음.

꽃피는 뜨락

뜨락은 사계절이 넘나들며
작은 우주가 생동한다
매화를 시작으로 계절의 첫 문이 열리면
뜨락은 겨우내 준비한 꽃을 피어낸다

눈부신 햇살은 생명의 원천이 되고
달과 별들은 사랑에 밀어를 속삭인다
바람과 구름도 꽃과 향기에 취해
손에 손잡고 흥겨운 노래와 춤으로 흥겹다

뜨락은 만남과 이별에 웃고 우는 길목으로
계절은 소리 없이 떠나고 기별 없이 다가선다
뜨락은 오가는 무수한 세월로 꽃 피운다

2021. 3. 21.

* 뜨락: 집 안의 딸려 있는 빈 터. 화초나 나무를 가꾸기도 하고, 푸성귀 따위를
  심기도 한다.
* 향연(饗宴): 특별히 융숭하게 베푸는 잔치.

4부

어머니의 회상(回想)

어머니의 회상(回想)

소년 시절에야 어머니의 품속은
희생과 인내로 삭혀낸
고귀한 사랑이었음을 조금 깨달았다

열일곱 청춘시절은
어스름 달빛 아래 고달픈 삶에 지친
어머니의 메마른 눈물을 보았다

성년에 가서야
처절한 역정의 세월에 지친
한 맺힌 어머니의 긴 그림자만
내 곁을 맴돌고 있다

1986. 3. 6.

* 회상(回想): 지난 일을 돌이켜 생각함. 또는 그런 생각.
* 감내(堪耐): 어려움을 참고 버티어 이겨 냄. '견딤'으로 순화.
* 역정(歷程): 지금까지 지나온 경로.

어머니의 뜨락

올봄도 어머니의 세월의 뜨락에는
자목련이 지고 있다

봄은 어디매쯤 바삐 가고 있고
가지 끝에 매달린 자목련은 사투하다
시든 꽃잎은 낙하하여 세월과 함께 간다

4월의 봄이 익어가는 길목에도
어머니의 흔적은 봄볕에 눈이 부시어
문드러진 얼굴을 가슴에 묻는가

2005. 4. 7.

* 사투(死鬪): 죽기를 각오하고 싸우거나 죽을힘을 다하여 싸움.
* 문드러지다: 썩거나 물러서 힘없이 처져 떨어지다. 몹시 속이 상하여 견디기
  어렵게 되다.

어머니의 회한(悔恨)

이미 지나쳐 버린 어머니에 대한 향수는
어디에서 찾고 찾아도 통한의 아픔을
토해낼 수 있을까요

눈이 부러 터지도록 울어도
가슴이 주먹만 한 멍울이 몇 개있다 해도

천상의 위대함과 아름다움이
그대만큼 빛나리오

뭇 사람들을 감동케 하는 위대한 영웅담도
그를 따를 수가 없습니다

밤하늘에 무수한 별들이 쏟아진다 해도
그대 손끝에서 묻어나오는
성스러운 사랑만 더 하리오

2010. 10. 4.

* 회한(悔恨): 뉘우치고 한탄함.
* 영웅담(英雄譚): 영웅의 전설적인 행적을 쓴 이야기.

어머니의 소묘(素描)

돌담 담벽에 홀로 선 감은 취한 듯 붉고
어머니 손등은 검붉은 늦가을 단풍이 들어
눈길이 갈 때마다 철렁대는 가슴은 아리다

만추의 찬바람이 스칠 때마다
가느다란 생명줄 하나 덜렁 메고
세월을 붙들고 놓아주지 않는 어머니의 가을

빈 껍질만 움켜쥐고 애간장은 다 녹는데
노을 져 가는 들녘은 겨울로 줄달음 치고
외로움과 그리움의 무게만을 더하고 있다

2020. 11. 2.

* 소묘(素描): 연필, 목탄, 철필 따위로 사물의 형태와 명암을 위주로 그림을 그림.
* 회한(悔恨): 뉘우치고 한탄함.
* 아리다: 상처나 살갗 따위가 찌르는 듯이 아프다. 마음이 몹시 고통스럽다.

어머니의 가을

어머니의 머리카락만큼이나 수많은 세월도
스스로가 거둬들인 가없는 인고에 가슴은 아리고
모진 추억의 그림자만 수없이 왔다 갔다

사랑한 만큼 외롭고 정겨운 만큼 가녀린 눈매는
어머니의 헌신과 희생은 한 서린 아픔이었고
겨울 길목의 만추는 저민 과거만 더하고 있다

무념무상에 짓눌린 삶은 바람 끝에 매달려
가을빛 들녘은 체념과 고독만이 감돌고
어머니의 가없는 인생도 가을과 함께 간다

2020. 12. 15.

* 인고(忍苦): 괴로움을 참음.
* 무상무념(無想無念): 모든 생각을 떠나 마음이 빈 상태.
* 저미다: 마음을 몹시 아프게 하다.
* 한서(寒暑)리다: 매우 어려운 상황.

어머니의 황혼(黃昏)

황혼의 붉게 타는 노을에 묵묵히 기대선 어머니
겨울은 섣달그믐으로 바삐 줄달음 치고 있고

어머니의 듬성듬성 머리털은 바람에 너풀대며
곱던 얼굴에 검은 점들만이 세월의 흔적으로 남아

달과 해는 헤아릴 수 없는 과거만이 녹아 희미한데
꽃피던 시절을 더듬어 본들 아픔만이 더 한다

성년의 자식들은 민들레 홀씨 되어 날아가 버렸고
육신은 통나무처럼 굳어지고 혼 줄은 멍해 희미한데

한 많은 질긴 삶은 빛바랜 미소만이 허공에 맴돌다
삶은 바람 부는 대로 흘러가는 부평초 같은 유랑자다

길 잃은 철새는 밤 깊은 산속을 헤매며 울어대고
실 같은 생명줄 하나 망망대해 조각배로 떠다닌다

2020. 12. 28.

* 황량(荒涼)하다: 황폐하여 거칠고 쓸쓸하다.
* 유랑자(流浪者): 정처 없이 이리저리 떠돌아다니는 사람.

5부

동심의 세월

유년의 달

달이 휘영청 밝은 밤
아빠와 달구경 하는데

아빠
달은 얼마나 클까

그것도 몰라
엄지손톱으로 가려봐

엄지손톱으로 가렸더니
달은 보이지 않았다

아!
달은 엄지손톱만큼 작구나

1975. 5. 7.

* 유년기(幼年期): 만 1세부터 6세에 이르기까지의 시기.

포구 풍경

포구가 저녁 녘
주막집 대문에는
늙은 개가 졸고 있고

포구에는
배 한 척만이
어스름 초승달 아래 외로이 떠있다

조금 때는
샛별이 동녘에 포구를 열면
만선의 배들로
시끌벅적

어시장은
사람들로 들썩이며
북적북적
활기가 넘친다

1980. 10. 12.

* 사리: 밀물과 썰물의 차가 최대가 되는 시기를 말한다.
* 조금(潮금): 조수(潮水)가 가장 낮은 때를 이르는 말. 대개 매월 음력 7, 8일과
  22, 23일에 있다.
* 시끌벅적: 많은 사람이 어수선하게 움직이며 시끄럽게 떠드는 모양.
* 북적북적: 많은 사람이 한곳에 모여 매우 수선스럽게 잇따라 들끓는 모양.

봄비

봄비 오는 길목에
방긋이 개나리 진달래가
노닐고

봄비 내리는 들녘에
새싹들이 살며시 고개 내밀어
희망을 속삭인다

봄비가 지나간 자리에는
나비 새들의 춤 노래 소리도
흥겹다

봄바람은 생명을 잉태하고
봄비는 생명을 탄생시켜
온 세상을
화사한 동화의 세계를
펼쳐낸다

1998. 4. 3.

하늘은 두 개인가 봐

하늘은
높게 크게
하나인줄 알았는데

못 속에
누워있는
또 다른 하늘

아마 하늘은
두 개인가 봐

1998. 4. 25.

초승달

초승달은 겁쟁인가 봐요
낮에만 서쪽 하늘가에 놀다가
어둠이 다가오면
밤이 무서워
일찍 집에 가버리니까요

2001. 9. 7.

가장 빠른 내 달음박질

나는 달음박질 할 때가 많다
운동회 때
아빠와 운동할 때
친구와 과자 내기 할 때
농구할 때
약속이 있을 때도
힘껏 달립니다

그러나
내가 가장 빨리 달릴 수 있는 달음박질은
엄마!
하고 '달려갈 때'입니다

2002. 3. 10.

연꽃잎의 이슬방울

연꽃잎에 이슬방울 삼형제 오손도손
햇빛이 찾아 와 반짝 반짝 반짝이 친구 되고
바람이 와 스치면 딩굴딩굴 딩굴이 친구 되네

2003. 5. 18.

골목길 풍경

골목은 종일 들썩이며 동심이 피어난다
어둠이 다가서면 아이들은 흩어지고
달빛만이 외롭게 골목을 지키고 있다

낮에 흘린 동심은 침묵으로 지세우고
하얀 밤은 내일의 준비에 바쁘다
아이들이 남긴 웃음은 내일의 꿈이다

가로등은 담벼락에 그림자를 드리우고
별들은 무수한 얘기로 밤은 깊어간다
낮에 흘린 언어들만 무수히 쌓여간다

2007. 7. 23.

잠자리와 갈대

시냇가 갈대 끝에
잠든 잠자리

냇물이 출렁출렁
지진처럼 흔들어도
바위처럼 의연하다

실랑 살랑 춤추듯
살랑 바람이 지나자

그때서야 훨훨
여덟팔 자 그리며
창공으로 사라진다

자연은 강함보다
부드러움이 순리인가 보다

2007. 10. 12.

아빠의 간병

아픔도 삶의 하나입니다
내안의 삶을 보듬으며 함께 하는 진리입니다

맏이의 간병은 포근하고 넉넉한 믿음이요
중이의 간병은 새콤달콤한 소망이다
막내의 간병은 응석이 풋내음의 사랑이라
아내의 간병은 절명으로 가족을 품에 안은 대 우주입니다

이 가족 사랑의 하모니는
지친 가족의 영혼에 소금과 빛이 되어
동녘에 떠오르는 성스럽고 아름다운 해 여림의 광명입니다

2008. 5. 17.

* 내안(内案): 내부(内部)의 안.
* 절명(涼命): 목숨이 끊어짐.

해와 달의 굴렁쇠

해님은 굴렁쇠 재주꾼인가 봐
온 세상 사람들에게 자랑하려고
낮에만 굴리니까요

달님은 굴렁쇠 재주가 서툰가 봐
사람들이 잠든 까만 밤에만
살짝 나와 굴리니까요

2009. 5. 28.

잠은 내가 좋은가 봐

잠은 내가 좋은가 봐
날마다 밤낮없이
틀림없이
날 찾아온다

더운 여름 한낮에도
먼 길 갔다 오는 날도
엄마 무릎에 누워도
콜록 콜록 감기를 앓을 때도

잠은 어김없이 날 찾아온다
잠은 내가 참 좋은가 봐

2009. 9. 4.

잠자는 아기

따스한 봄볕에 세상은 고요한데
둥지에 잠든 아기천사

꿈속이 그려낸 꽃동산에
아지랑이 어리는데

행복에 젖어 미소 지며 자는 모습
여기가 별천지구나

2010. 3. 5.

낙엽 편지

낙엽 편지는
편지 사연이 딱 한 낱말입니다
"새싹"
낙엽 우표로 붙여져
내년 봄에 틀림없이
배달되는 등기우편입니다

2010. 6. 10.

알밤

청잣빛 가을하늘 밤나무 언덕에
터져 버린 순정의 풋 가슴을 드러낸 체
알밤의 방황이 시작 된다

새벽안개 어스름이 잠든 사이
술래잡기하듯 살며시 밤 한 잎 젖히며
알밤형제 오순도순 내일을 엮는다
알밤 줍던 유년의 추억도 함께 줍는다

골목길 구멍가게 알사탕도
아련한 그리움으로 남는다

아무도 모르게 가슴에 아로새겨진
내 마음 속 푸른 그리움도
구름 되어 흐른다

2010. 10. 24.

*체하다: 앞말이 뜻하는 행동이나 상태를 거짓으로 그럴듯하게 꾸밈을
   나타내는 말.(시늉하다, 척하다)

비 내리는 풍경

오늘은 하염없이
비가 내린다

널찍한 저 넓은
대지에도

꼬불꼬불 외톨아진
골목길에도

시골길 모퉁이
외로운 가로등도

저 산 너머 저 강 건너
산골마을도

온 세상이
눈물로 범벅이 된다

내 마음도 하염없이
가슴 적신다

2012. 6. 3.

미소

한 마디의 고운 말과 미소는
가슴에 씨앗처럼 뿌려져
위로와 용기의 싹이 되어
향기 나는 아름다운 꽃으로
피어납니다

2016. 5. 5.

달과 별은 바람과 구름이 싫은가 봐

달과 별은 바람과 구름이 싫은가 봐
바람과 구름이 호수에 놀고 있으면
자취를 감춰버리니까요

바람과 구름이 놀다 가버리면
달과 별은
고요한 호수에 드러누워
환한 미소로 즐겁게 놀고 있어요

2020. 6. 20.

태양

샛별이 흔적은 사라지고
어둠을 뚫은 태양의 일출은
산고의 고통이 핏빛으로 번지며
하루의 탄생이 희망으로 빛난다

해는 어느새 고통을 떨쳐버리고
찬란한 광명은 대지를 감싸며
누리 누리에 어우러지다
오늘의 의미를 노을로 장식한다

2020. 7. 21.

* 산고(産苦): 아이를 낳을 때에 느끼는 고통.
* 어우러지다: 여럿이 자연스럽게 조화를 이루거나 일정한 분위기에 같이 휩싸이다.

우리가 사는 세상

산을 그렸다
키 큰 산과 작은 산이 어울리며 정답다
산바람은 신나게 숨바꼭질하고
산새들의 춤 노래도 흥겹다

들을 그렸다
논밭에는 곡식 무럭무럭 자라고
개구리 친구들의 신나는 놀이터다

강을 그렸다
수양버들이 넘실넘실 춤추고
물고기들의 마스게임이 장관이다

아빠 우리가 사는 세상은 누가 그렸어요
아빠는 머리만 극적 극적
내일 선생님께 여쭤 봐야지

2021. 2. 16.

사랑은 나래 위에

최한을 지음

발 행 처 · 도서출판 **청어**
발 행 인 · 이영철
영　　업 · 이동호
홍　　보 · 천성래
기　　획 · 남기환
편　　집 · 방세화
디 자 인 · 이수빈 | 김영은
제작이사 · 공병한
인　　쇄 · 두리터

등　　록 · 1999년 5월 3일
(제321-3210000251001999000063호)

1판 1쇄 발행 · 2021년 5월 10일

주소 · 서울특별시 서초구 남부순환로 364길 8-15 동일빌딩 2층
대표전화 · 02-586-0477
팩시밀리 · 0303-0942-0478

홈페이지 · www.chungeobook.com
E-mail · ppi20@hanmail.net
ISBN · 979-11-5860-947-4(03810)